Premiers Pas

JULES LAFFORGUE

Premiers Pas

POÉSIES

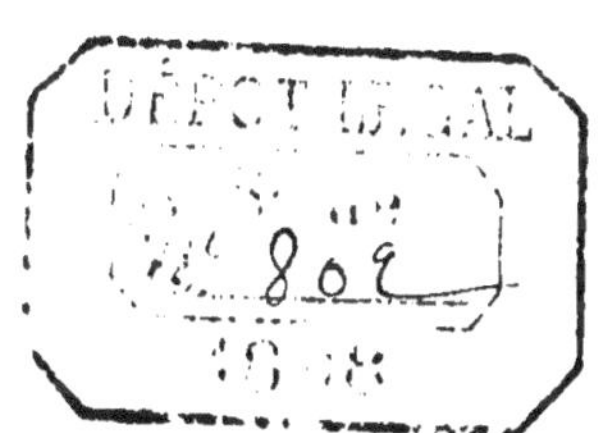

PARIS
ALPHONSE LEMERRE, ÉDITEUR
23-31, PASSAGE CHOISEUL, 23-31

M DCCC XCVIII

A mon père, à ma mère, à ma sœur,

je dédie mon premier livre.

J. L.

CHARITÉ

Si vous avez soif, si vous avez faim,
Mangez et buvez, venez à ma table :
Je vous donnerai, je suis charitable.
— Non, je n'ai pas soif, non, je n'ai pas faim.
De l'eau du ruisseau j'ai rempli ma gourde,
De pain blanc, bien frais, ma besace est lourde :
Non, je n'ai pas soif, non, je n'ai pas faim.

— Si vous avez froid, par le vent d'hiver,
Venez vous chauffer chez la châtelaine :
Je vous donnerai des habits de laine.
— Non, je n'ai pas froid, par le vent d'hiver,
Car j'ai, pour braver et vent et froidure,
Des habits bien chauds de très grosse bure :
Non, je n'ai pas froid, par le vent d'hiver.

— Si vous êtes las du trop long chemin,
Pour vous reposer, entrez, mon pauvre homme :
Dans le meilleur lit dormez un bon somme.
— Je ne suis point las du trop long chemin,
Car j'ai, pour monter la sente rapide,
Mon bon vieux bâton de chêne solide :
Je ne suis point las du trop long chemin.

. . . .

Votre lèvre est fraîche et vos yeux sont bleus ;
Je suis malheureux, soyez douce et bonne
Et d'un long baiser faites-moi l'aumône :
Votre lèvre est fraîche et vos yeux sont bleus...

BONNE FÊTE

Bonne fête à celle que j'aime!
Que Dieu lui donne d'heureux jours,
Qu'il fasse longues nos amours!
Bonne fête à celle que j'aime!

Je voudrais lui donner, ce soir,
Et des bijoux et des dentelles,
Et des robes belles, si belles
Qu'on s'arrêterait pour la voir.

Je voudrais lui donner, encor,
Des carrosses, des équipages,
Et des suivantes et des pages
Aux habits rouges brodés d'or.

Je voudrais lui donner enfin
Un beau palais, de noble style,
Un palais, grand comme une ville,
Où les fêtes riraient sans fin.

. . . .

Bonne fête à celle que j'aime!
Que Dieu lui donne d'heureux jours,
Qu'il fasse longues nos amours!
Bonne fête à celle que j'aime!

LES VIEILLES DE CHEZ NOUS

Les vieilles de notre pays
Ne sont pas des vieilles moroses :
Elles portent des pierrots roses,
Des fichus couleur de maïs,
Les vieilles de notre pays.

Elles s'en vont tout doucement,
Les jours où le soleil fait fête,
En remuant un peu la tête,
S'arrêtant à chaque moment;
Elles s'en vont tout doucement.

En riant, derrière la main,
Elles se disent, à l'oreille,
Des riens, qu'elles ont dits la veille
Et rediront le lendemain,
En riant, derrière la main.

Elles médisent bien un peu,
Mais si peu, que c'est ne rien dire.
Puis il faut bien parler et rire,
Les soirs d'hiver, au coin du feu;
Elles médisent bien un peu.

Elles iront en Paradis,
Car elles ne manquent pas messe,
Et sont fidèles à confesse,
Depuis les amants de jadis;
Elles iront en Paradis.

La bonne Vierge et le bon Dieu,
Qu'elles ont tant priés, sur terre,
Leur feront la mort bien légère,
Et bien court le dernier adieu,
La bonne Vierge et le bon Dieu.

POURQUOI?

QU'ESPÉRONS-NOUS sur cette terre?
Pourquoi rire? Pourquoi pleurer?
Pourquoi travailler, solitaire?
Pourquoi bâtir à demeurer?
Pourquoi ramasser l'or en pile,
Appeler la Gloire à genoux,
Puisque dans un an, ou dans mille,
Plus rien ne restera de nous?

SENTIMENTAL

L'air est plein de senteurs bien douces,
Qui dans mon cœur entrent bien doux :
Je rêve de fleurs et de mousses
Et de serments faits à genoux.
Des romances sentimentales
Pleurent en moi leurs pleurs menus,
Comme en les âmes virginales
Qui s'ouvrent aux seize ans venus.

NOEL-MISÈRE

C'est la Noël, Noël des gueux,
Des sans-logis, des loqueteux,
De ceux qui n'ont pas de chemises,
De ceux qui vont, le ventre creux,
Qui vont là-bas, droit devant eux,
Là-bas, où des tables sont mises.

2

Et les cloches chantent : Noël !
Et l'on sent passer, solennel,
Un hymne grand comme un silence,
Qui rend l'œil doux et le cœur bon
Et qui fait rêver de pardon,
De pardon et d'amour immense.

La neige est blanche et le ciel clair,
Quelques flocons tournent dans l'air
En une danse lente et douce ;
Des ombres glissent dans la nuit,
Et les passants, vite, sans bruit,
Semblent marcher sur de la mousse.

Mais il fait froid, mais il fait faim,
Et, pour les malheureux sans pain,
En vain carillonne la Fête.
Leurs mains tremblent, leurs yeux sont clos
Comme en quelque triste repos ;
Ils restent là baissant la tête.

Ils entendent des cris joyeux;
Ils regardent, levant les yeux,
Les salles belles où l'on danse;
Ils sentent, devant ce bonheur,
Plus noir, plus vide dans leur cœur,
Et leur misère plus immense.

LA CHIMÈRE

Celle que j'aime est l'inconnue
Que chacun appelle tout bas.
C'est celle qui n'est point venue,
C'est celle qui ne répond pas.

C'est celle qu'en les nuits d'extase,
Le cœur haletant de désir,
Je voudrais prendre à coupe rase
En des cris rauques de plaisir.

2.

Car elle a des senteurs de femme,
L'amour en ses yeux brille clair;
Je veux l'aimer plus qu'en mon âme,
Je veux l'aimer avec ma chair.

Je veux que ma bouche la trouve,
Lui morde des baisers saignants,
Et que son corps, palpitant, prouve
Le poison des spasmes geignants.

Qu'elle halète ses mamelles,
Son sexe, en toute sa vigueur,
Qu'elle ait des pâmoisons cruelles,
Qu'elle m'en morde, à plein, le cœur,

Et que nous nous fondions ensemble,
En un dernier heurt amoureux;
Et qu'un même cœur en nous tremble...
Et que nous en mourions tous deux.

DE PROFUNDIS!

De Profundis à notre amour!

Pour lui disons une prière,
Puis nous le mettrons sous la pierre...
De Profundis à notre amour!

D'une voix bien basse, qui tremble,
Si vous voulez, prions ensemble...
De Profundis à notre amour!

Au pauvre mort jetons, de suite,
Deux ou trois gouttes d'eau bénite...
De Profundis à notre amour!

Enfin, en détournant la tête,
Pleurons une larme discrète...
De Profundis à notre amour!

Et pâles, penchés vers sa couche,
Embrassons-le sur votre bouche...
De Profundis à notre amour!

EXTASE

Le démon a hurlé dans ma chair palpitante,
Et moi je l'ai reçu, béni comme un sauveur,
Et je l'ai baisé doux, comme on baise une amante,
Et j'ai donné mon corps, et j'ai donné mon cœur,
Enivré du bonheur.

J'ai senti dans tout moi tressaillir mes pensées,
Et mon âme a chanté l'hymne immense d'amour,
Et j'ai ri, j'ai pleuré les choses insensées :
Tout ce que m'a dicté le monstre tour à tour,
En la nuit, en le jour.

J'ai vu les sommets grands, les extases immenses,
Les folles pâmoisons, l'au-delà du Fini :
Tout a tourné, tourné, comme aux magiques danses ;
Tout a fui. Moi je suis tombé, brisé, puni
Et mort de l'Infini.

Je suis mort à jamais aux choses de la terre,
Je suis mort aux plaisirs, aux bonheurs de Là-Bas,
Et je vivrai toujours parmi vous, solitaire,
Hommes ! Chantez la vie ou pleurez le trépas,
Je ne vous entends pas.

Mais j'entendrai Là-Haut les choses éternelles,
Mais j'entendrai la voix des fantômes connus,
Mais je verrai, de près, rire de leurs prunelles
Ceux-là que j'appelais, ceux-là qui sont venus,
Ceux-là qui marchent nus;

Ceux-là qui marchent nus, en leur Déité forte;
Ceux-là qui de leur cœur nourrissent le Vautour;
Ceux-là qui sont la Ville, et le Temple, et la Porte;
Ceux-là qui sont l'Idée, et l'Esprit, et le Jour;
Ceux-là qui sont l'Amour.

SEUL

Paris halète, gronde, roule,
Paris grince ses mille bruits :
Je me sens perdu dans la foule,
Comme l'étoile dans les nuits.

En vain je cherche la voix bonne
Et qui me ferait doux au cœur,
Et qui me donnerait l'aumône
De son sourire et de son pleur.

En vain je cherche la voix douce,
Cette voix que l'on reconnaît,
Caressante comme une mousse
Et comme un rayon qui paraît.

Je suis altéré de tendresse,
Je ne veux pas de la pitié,
Mais qu'on écoute ma tristesse
Et qu'on me plaigne d'amitié.

Je veux qu'on souffre ma souffrance
Et qu'on jouisse mon bonheur,
Qu'on espère mon espérance
Et qu'on tressaille tout mon cœur.

Mais, hélas! les hommes sont sages,
Et moi je suis un pauvre fou.
Les hommes vont à des ouvrages :
Les hommes vont je ne sais où...

. . . .

Paris halète, gronde, roule,
Paris grince ses mille bruits :
Je me sens perdu dans la foule,
Comme l'étoile dans les nuits.

PIÉTÉ

UN jour, nous passions tout près d'une église
Et des chants pieux sont venus vers nous,
Et moi je t'ai dit (tu fus bien surprise) :
« Entrons, si tu veux, prier à genoux. »

Et tu me suivis, et tu fus bien sage.
Tu fis, en entrant, un signe de croix
Et même tu dis doucement, je gage,
La bonne prière apprise autrefois.

Ton beau chapeau neuf et ta robe rose
Faisaient s'étonner les gens du saint lieu
Et plus d'un coupa, d'une courte pause,
Pour te regarder, l'oraison vers Dieu.

Le prêtre disait des mots à voix basse,
Qui résonnaient grave, au silence grand;
Les cierges clignaient une flamme lasse
Et l'ombre faisait comme un jour mourant.

Les chants s'étaient tus, en un calme immense,
Et l'air était plein de parfums pieux.
Nous sommes restés longtemps en silence,
Tous deux à genoux, les mains sur les yeux.

Et le soir venu, chez moi, tu fus sage,
Pleine de pudeurs d'un chaste profond,
Et moi, l'amoureux à l'ardeur sauvage,
Je mis un baiser bien pur sur ton front.

PAYS DE SAUVAGES

Le pays où je suis né
Est un pays de sauvages :
On y voit des filles sages
Et des maisons sans étages.
Vous seriez bien étonné,
Habitant de grande ville :
Les toits sont en rouge tuile,
Bien des murs sont en argile,
Au pays où je suis né.

Et si vous passiez par là,
Vous verriez d'étranges choses :
Teints naturellement roses,
Et des portes jamais closes;
Et bien plus que tout cela :
Des gens travaillant la terre,
Quelque veuve solitaire,
Et des vieux à vie austère :
Ne passez jamais par là.

Vous pourriez y voir encor
Chien ne donnant pas la patte,
Et notaire sans cravate,
Même un banquier cul-de-jatte.
Et, pour finir le décor,
Femme restant toujours blonde,
Enfants dansant à la ronde,
Et soleil à tout le monde,
Vous pourriez y voir encor.

Vous pourriez y voir enfin
Des riches faisant l'aumône,
Pauvres merciant qui donne,
Vieille fille douce et bonne;
Et puis, en tissu peu fin,
Des robes raccommodées,
Et de vierges accordées,
Toutes choses démodées,
Vous pourriez y voir enfin.

Mais ce qui rendrait peureux
Le citadin en visite;
Ce qui le ferait fuir vite,
Comme à l'horreur qu'on évite;
Ce qui le rendrait peureux...
C'est de voir qu'en ce lieu triste,
Où la routine persiste,
O vain Progrès! il existe
Des hommes qui sont heureux!

MARQUIS ET MARQUISES

Beaux marquis et belles marquises,
Quand vous passez sous le ciel clair,
Beaux marquis et belles marquises,
Vous avez des grâces exquises,
Quand vous passez sous le ciel clair.

Et vous faites rêver de choses
Qui, frêles, voleraient dans l'air;
Et vous faites rêver de choses,
De feuilles légères de roses
Qui, frêles, voleraient dans l'air.

Lents, en de discrètes gavottes,
Aux sons d'un orchestre très doux,
Lents, en de discrètes gavottes,
Glissez mystérieux, aux notes,
Aux notes de l'orchestre doux.

Avec de longues révérences,
Raidissant, mignons, vos genoux,
Avec de longues révérences,
Dansez menu, dansez vos danses,
Raidissant, mignons, vos genoux.

Petits marquis, frêles marquises,
Vous ne danserez plus, hélas!
Petits marquis, frêles marquises,
Jolis en vos grâces exquises,
Vous ne danserez plus, hélas!

Et si l'on vous revoit bien tristes,
Aussi tristes que mon : hélas!
Et si l'on vous revoit bien tristes,
Ce sera dans les jeux d'artistes :
En les Images du « Gil Blas ».

ADIEU

Toi que je vais quitter, et pour longtemps peut-être,
Garde ces vers, avec l'image du bon Dieu
Que je t'avais placée auprès de la fenêtre :
Qu'ils soient sacrés, ainsi qu'une dernière lettre,
Comme un dernier adieu.

Je t'aime, dans mon cœur, car tu m'as été bonne,
Car tu m'as été douce, et beaucoup et toujours,
Car tu m'as su donner le baiser qui pardonne,
Car tu m'as fait, de tous les jours que Dieu nous donne,
De courts et d'heureux jours.

Et cependant, je m'en irai sans te rien dire :
Encore tu vivras tout un jour de bonheur.
Je te laisse chanter et je te laisse rire.
Moi, pendant que j'écris ces vers, que tu dois lire,
J'ai triste dans mon cœur.

Demain, quand tu viendras, belle en ta robe rose,
Doucement, en frappant, tu diras : « Me voilà ! »
Puis là tu resteras, craintive, toute chose :
Je ne répondrai pas, ma porte sera close,
Je ne serai plus là.

. . . .

Toi que je vais quitter, et pour longtemps peut-être,
Garde ces vers, avec l'image du bon Dieu
Que je t'avais placée auprès de la fenêtre :
Qu'ils soient sacrés, ainsi qu'une dernière lettre,
Comme un dernier adieu.

CHRIST

A son corps il avait eu faim,
Il avait souffert dans son âme,
Il ne s'était point fait infâme
Et n'avait point tendu la main.

Un ami, qu'il avait nourri
Aux jours de froid et de misère,
L'avait trahi. Lui, sans colère,
Doux et rêveur, avait souri.

Celle qu'il aimait dans son cœur,
Qu'il adorait comme une sainte,
L'avait trompé. Sans une plainte,
Il avait vécu son malheur.

Après avoir tout éprouvé,
Après l'injure, après l'outrage,
Il n'avait pas crié de rage,
En des fureurs de réprouvé.

Il avait senti dans son cœur,
Majestueux comme un silence,
Un besoin de pardon immense
Pour l'universelle noirceur.

Il avait prêché l'amitié,
Et les amours chastes et pures,
L'oubli du mal et des injures,
Et la clémence, et la pitié.

Il disait que, le corps dompté,
L'âme reste heureuse et plus belle ;
Que toute la vie est en elle,
Et le bonheur dans la bonté.

. . . .

Comme ayant un joug sur le cou,
Courbés, après un long silence,
Soudain, pris de reconnaissance,
Les hommes disaient : « Il est fou... »

LACHETÉ

J'AI vu des poètes infâmes
Dire des vers, sur des tréteaux,
Dans un bouge aux noirs escabeaux,
Parmi la puanteur des femmes.

Figés en des poses d'extase,
Les cheveux longs et les yeux blancs,
Immobiles, comme en des rangs
Que le regard d'un chef écrase,

Ils disaient, la voix monotone,
Des riens fades comme un encens,
Où criait, giflé, le bon sens,
Sous le vers boiteux qui détonne.

Des faces pâles et ridées
Écoutaient ce vague discret,
Prenant comme un plaisir secret
Aux piètres avortons d'idées.

Puis on applaudissait farouche,
Tandis que, raide et lentement,
L'homme aux vers faisait, en partant,
Don d'un sourire de sa bouche.

. . . .

Moi, comme pris d'un vin qui grise,
Rêvant de succès généreux,
Vain et lâche, j'ai fait comme eux :
J'ai déballé ma marchandise !

LA BÊTE NOIRE

VIENS, petite, viens là, tout près,
Viens, et je te dirai l'histoire
De la vilaine bête noire
Qui, la nuit, passe par les prés.

Tu sais que ses yeux sont méchants,
Que sa prunelle brille, verte,
Que toujours sa gueule est ouverte
Pour manger les petits enfants.

Et tu sais que son cri fait froid,
Son cri long, en les nuits sans bornes,
Et qu'elle a sur le front deux cornes
Qui pointent, comme ça, tout droit.

Et tu sais bien qu'il ne faut pas,
Quand on l'entend, tourner la tête,
Mais fuir la très méchante bête
Et, se signant, presser le pas.

Tu sais enfin que, l'an dernier,
Elle nous a volé ton frère.
Il aurait eu, mon petit Pierre,
Ses trois ans au raisin premier.

Au lieu d'aller seule, tu vois,
Reste là, tout près de grand-père,
Devant le feu clair de bruyère,
Écouter sa tremblante voix.

. . . .

Viens, petite viens là, tout près,
Viens, et je te dirai l'histoire
De la vilaine bête noire
Qui, la nuit, passe par les prés.

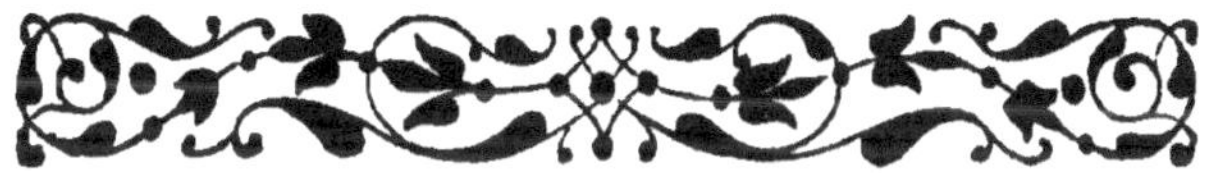

A SON PÈRE

Avec des soins pieux, ayant plié le livre,
Tu me l'as confié, ce soir, en me disant :
« Ce sont les derniers vers de mon plus jeune enfant.
Il avait dix-huit ans quand il cessa de vivre. »

Et moi j'ai lu ces vers, tout ému dans mon âme,
Car, sous les mots, vibrait un esprit généreux,
Ouvert aux espoirs forts, et doux aux malheureux
Et grand comme le Ciel et pur comme la Flamme.

Car tout un cœur chantait en ces vers de poète,
Car il s'élevait, grand, vers les lointains séjours
Où résonne en les nuits, où résonne en les jours,
L'hymne immense et divin de l'éternelle Fête.

Oh! tu l'as dû pleurer de tout ton cœur de père,
Tu l'as pleuré, ce fils, en des larmes de sang;
Et puis tu l'as baisé, pâle, sur son front blanc,
Avant de le coucher pour toujours en la terre.

Et la douleur a fait dans ton âme un grand vide.
Et tu dois bien, parfois, le soir, te souvenir
Des beaux rêves déçus, de gloire et d'avenir,
O père! Et sur ton front toujours reste une ride.

Oh! pleure-le longtemps, ce fils mort en la vie,
Car il était de ceux que l'on doit bien pleurer,
Car il était de ceux qui doivent demeurer,
Pour l'Espoir et l'Amour, la Gloire et le Génie.

HIVER D'AMOUR

Les beaux jours d'amour sont passés,
Et nous nous faisons vieux, Lisette.
Les beaux jours d'amour sont passés,
Notre corps brisé dit : Assez.
Et tes yeux ne font plus risette :
Les beaux jours d'amour sont passés.

Te souvient-il des jours d'antan ?
Nous nous baisions, à lèvre-touche.
Te souvient-il des jours d'antan ?
Nous nous embrassions tant et tant,
Que l'eau m'en revient à la bouche.
Te souvient-il des jours d'antan ?

Je te faisais des vers, parfois,
Où je t'appelais ma déesse.
Je te faisais des vers, parfois,
Et souvent, à la fin du mois,
Je déjeunais de ta caresse :
Je te faisais des vers, parfois.

C'était bien beau, c'était bien bon,
C'était l'âge heureux du doux Rêve.
C'était bien beau, c'était bien bon,
Et je te demande pardon,
Si mes vingt ans ont fait leur grève :
C'était bien beau, c'était bien bon,

Au lieu des baisers de jadis,
Ce soir, j'aurai table bien mise.
Au lieu des baisers de jadis,
Et de l'eau claire, et du pain bis,
J'aurai bon vin et chère exquise :
Au lieu des baisers de jadis.

Quand nous serons couchés, ce soir,
Lise, mon épouse fidèle,
Quand nous serons couchés, ce soir,
Je t'embrasserai, par devoir,
Puis je soufflerai la chandelle,
Quand nous serons couchés, ce soir.

. . . .

Les beaux jours d'amour sont passés,
Et nous nous faisons vieux, Lisette.
Les beaux jours d'amour sont passés,
Notre corps brisé dit : Assez,
Et tes yeux ne font plus risette :
Les beaux jours d'amour sont passés.

SIMPLES HÉROS

Le sac est lourd, la route est blanche,
Le givre tremble à chaque branche,
Les soldats vont sous le ciel gris.
Ils marchent en les longues lieues,
Ils vont en leurs capotes bleues,
Ils vont en leurs rouges képis.

Comme il va faire bon s'étendre,
Sans rien penser et sans attendre!
On va dormir, dormir beaucoup!
On ne craint point la terre dure...
Il faut partir à l'aventure!
On lève le camp tout à coup.

Allons! sac au dos! vite en route!
On va passer la nuit, sans doute!
Les soldats partent de nouveau.
Il fait bien froid; il fait bien sombre,
Et l'on voit, regardant dans l'ombre,
L'ombre, noire comme un tombeau.

Mais au petit jour, on s'arrête,
Et tout en haut, sur une crête,
On ne forme point les faisceaux.
Bientôt la musique commence,
Et les canons entrent en danse,
Et les clairons, et les drapeaux.

Et les soldats vont à la Fête,
Ils marchent sans tourner la tête,
Ils marchent sans baisser les yeux,
Et d'une vision dernière,
Pensant au pays, à leur mère,
Se font le cœur de mourir mieux.

SACRIFICE

A Monsieur Chéry.

PARCE QUE tout au cœur m'a laissé quelque trace,
Que des vers sous ma plume ont chanté, dans l'instant
Que j'ai pleuré des mots, à la triste grimace
Du malheureux et du souffrant;

Parce que je me sens vibrant en le silence,
Tout un essaim chanteur de pensers généreux,
Que je rêve tout grand et rêve tout immense,
Tout bon et tout heureux;

Que tout tressaille en moi des choses de la terre,
Que j'ai souffert ses maux et gémi ses douleurs,
Parce que j'ai saigné de toute sa misère,
Que j'ai pleuré ses pleurs;

Aux ronces du chemin je laisserai, sans doute,
Quelques lambeaux de chair arrachés en passant,
Et sur mon corps meurtri perlera goutte à goutte
Le plus pur de mon sang.

La vie âpre sera pour moi comme un calvaire,
Comme un jour sans soleil, comme un printemps sans fleurs,
Comme une nuit sans lune, en le bois solitaire,
Comme un adieu sans pleurs.

A vous qui m'annoncez tout ce Futur, terrible
Et de souffrance grande, et de Grande Douleur,
Maître, je dis : Merci, pour votre cœur sensible
A mon divin malheur!

Car vous avez compris que j'avais dans mon âme
Et ce qui fait chanter et ce qui fait souffrir,
Et ce qui fait vibrer comme un baiser de femme,
Et ce qui fait mourir.

LE VAMPIRE

J'AI voulu te quitter cent fois, femme maudite,
Et j'ai voulu briser nos hideuses amours.
Pour chasser le démon qui dans moi t'a conduite,
Je t'ai brutalement insultée, en des jours.

•

Je me suis débattu sous tes fausses tendresses,
Je me suis refusé, j'ai crié mon horreur,
J'ai repoussé bien fort les très douces caresses
Dont tu m'empoisonnais et les chairs et le cœur.

Toi, tu m'as enlacé de tout ton corps de femme,
Tes lèvres ont sucé mon sang et mon vouloir,
Et je suis resté là, démusclé, lâche, infâme;
Je n'ai pas su partir, je n'ai pas su vouloir.

Hé bien! je resterai, je serai ta pâture!
Tu mangeras de moi, tu t'en assouviras!
Et quand tu seras soûle, en l'extrême morsure,
Sur mon corps pantelant, dormant, tu souriras!

Oui, je me donne à toi; prends-moi! je m'abandonne.
Prends-moi de tes bras blancs, prends-moi de tes seins durs,
Prends-moi de ta chair nue en la caresse bonne,
Qui fait les cœurs plus froids, qui fait les morts plus sûrs.

Et si de ton baiser tranchant comme une lame
Tu me saignais au cœur, je dirais : « C'est parfait! »
Oh! d'un dernier baiser, si tu m'arrachais l'âme!
Je te pardonnerais le mal que tu m'as fait.

A MA SOEUR

PETITE sœur, pour ta fête,
Je te veux faire des vers,
Mais à la bonne franquette.
Tant pis s'ils vont de travers.

Et tant pis si pour la rime,
Fuyant mon esprit tari,
Je te souhaite victime
D'un joli petit mari.

Toi qui fus la confidente
De tous mes petits péchés,
Et qui sus, bonne et prudente,
Les garder toujours cachés;

Toi qui m'as donné courage
Aux heures de désespoir,
Et me rendant fort et sage,
M'as su faire revouloir;

Tu mérites bien sans doute
Que je pense à toi souvent,
Et qu'interrompant ma route,
Je te fasse un compliment.

Moi je suis loin de la table
Où tu dîneras ce soir.
Paris m'en semble effroyable,
Bien plus laid et bien plus noir.

Et je ne peux, ma sœurette,
Te donner avec mes vœux
Qu'un maigre cadeau de fête :
Le baiser d'un miséreux.

MON RUISSEAU

Le petit ruisseau de chez nous
Serpente par les herbes drues
Et, même aux jours de grandes crues,
L'eau viendrait à peine aux genoux.

Le fond paraît un peu tremblant
En des transparences légères,
Et trois ou quatre grosses pierres
Y forment un pont chancelant.

Quelquefois on voit un pinson,
Dans l'eau qui fuse en étincelles,
S'ébouriffer d'un frou-frou d'ailes,
Puis se sécher en un frisson.

C'est pourquoi j'aime mon ruisseau;
Et parce qu'il a nom : la Bleue;
Et que son cours n'a qu'une lieue...
Et que je suis loin du hameau.

CATIN

En des œillades appelantes,
En des toilettes miroitantes,
En tout un luxe faux qui luit,
Elle s'offre au vice qui passe,
Discutant le prix à voix basse
Pour le louage d'une nuit.

Son œil est vif, sa lèvre est rouge,
Elle sent un parfum de bouge,
Elle porte un air garçonnier,
Elle est d'une impudeur naïve,
Et par sa mimique expressive
Ferait rougir un chansonnier.

Elle n'est pourtant pas méchante,
Elle a bon cœur, et parfois chante,
Attendrie, au refrain banal;
Pleure aux touchantes aventures
De très vagues littératures :
Aux romans du *Petit Journal*.

Quelquefois, aux jours de misère,
Alors que la vie est amère,
Difficile au morceau de pain,
Elle songe, la pauvre fille,
Qu'elle eut jadis une famille
Et qu'elle mangeait à sa faim.

JE VEUX

Je me suis senti vivre et j'ai voulu le dire,
Et suis venu vers vous, qu'on disait le meilleur :
Vous m'avez insulté, d'un méprisant sourire,
D'un compliment railleur.

Ces vers, que j'avais faits avec toute mon âme,
Que j'avais, en des nuits, écrits le cœur saignant ;
Ces cris de passion tordant, comme une flamme,
Mon pauvre corps geignant ;

Je les avais pétris en mes pleurs, en mes rires,
En mes sanglots de rage, en mes rêves d'espoir,
En tout mon Moi, chantant les suprêmes délires,
Aux voix fortes du soir;

Aux voix fortes du soir vibrant, en la nuit noire,
Comme un appel lointain, appel mystérieux,
Et qui me parlaient fort et d'Amour et de Gloire,
De Meilleur et de Mieux.

Je relisais ces vers, parfois, quand j'étais triste,
En ma chambre petite, en ma chambre sans feu,
Je jouissais de moi, je me rêvais artiste
Et je m'aimais un peu.

Mais voici que ce jour, avec votre sourire,
Le doute meurtrier est entré dans mon cœur,
Et votre regard froid a suffi pour détruire
Ma foi dans son ardeur.

Aujourd'hui j'ai voulu, pour reprendre courage,
Écrire ma souffrance et je suis demeuré
Sans pouvoir, triste et las devant la blanche page,
Et longtemps j'ai pleuré.

Vous m'avez fait bien mal, vous m'avez brisé l'âme,
Plus rien ne chantera ; dans mon cœur endeuillé
Tout me sera sans voix : douleur, plaisir et femme,
Printemps ensoleillé.

. . . .

Eh bien, non ! je serai plus grand, plus fort, plus brave,
Marchant à l'Avenir sans crainte et sans émoi ;
Je veux faire mon Œuvre et libre et sans entrave,
Et je veux croire en Moi !

ESTHÈTES

Parce qu'ils ont un jour torturé la grammaire,
Qu'ils ont forgé des mots seulement compris d'eux,
Et fait suer des sens faux au dictionnaire,
    Et porté de très longs cheveux;

Parce qu'ils ont écrit d'étranges vers, sans rimes,
Leur mettant, pour changer, des suppléments de pieds,
D'originalité les faisant cacochymes,
    Misérables, estropiés;

Parce qu'ils ont *bué* des brumes de Norvège,
Qu'ils ont *écarlaté* des soleils indiens,
Et qu'aux feux d'Orient, et qu'aux froids blancs de neige
Ils se sont pâmés en des riens;

Enfin parce qu'ils ont ignoré La Fontaine,
Qu'ils n'ont pas soupçonné Molière, en l'Univers,
Ils ont cru, les premiers, exprimer l'âme humaine
Et les premiers faire des vers.

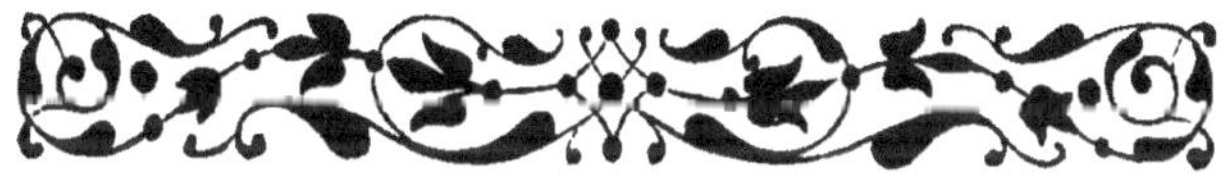

LA LÉGENDE DE LA CHATELAINE

AUTREFOIS, sur le coteau,
Il était un grand château.

. . . .

La châtelaine était belle,
Et ses yeux étaient bien doux.
Mais son âme était cruelle,
Son cœur, dur comme cailloux.

*
* *

Venant de guerre lointaine,
Un beau chevalier, un jour,
Aperçut la châtelaine,
Aima la belle d'amour.

Tant le fit souffrir la belle,
Tant souffrir et tant pleurer,
Tant se moqua la cruelle,
Qu'il jura de se venger.

*
* *

Pour bâtir une chapelle,
Deux pauvres moines, pieds nus,
Quêtant, fidèle à fidèle,
Au château s'en sont venus.

Les chassa la châtelaine,
Les insultant par trois fois.
Sous leur capuchon de laine,
Ont fait un signe de croix.

*
* *

Un soir d'hiver, blanc de neige,
Un pauvre frappe et tout bas :
« Que le bon Dieu vous protège,
J'ai froid, j'ai faim, je suis las.

— A la porte qu'on me jette
A coups de bâton ce gueux ! »
Est parti, baissant la tête,
Sans rien dire et malheureux.

. . . .

Avec ses hommes de guerre,
A détruit tout en entier
Le château, pierre par pierre :
S'est vengé le chevalier !

Chantant un air sans parole,
S'encourant, sans feu ni lieu,
La belle un jour devint folle :
S'était vengé le bon Dieu !

Et le gueux, dans une ornière,
Trouvant son corps tout saignant,
Fit pour elle une prière :
S'est vengé le mendiant !

PASTOURE

Ses cheveux, plus crépus que laine,
Sont roux comme un flot de soleil,
Son œil est clair, son teint vermeil,
Sa main est rude et sa voix pleine.

C'est une très robuste fille :
Elle a les reins forts, les bras gros,
Elle porte de lourds sabots,
Et les gas la trouvent gentille.

Mais aucun galant du village
Ne lui vient conter ses amours,
Car elle a les doigts prompts et lourds,
Et comprend mal le badinage.

Dès aube-prime elle se lève,
Ayant dormi de sommeil franc,
Et, plus qu'un pastour commençant,
Vit de jour long et de nuit brève.

Dans son bissac de toile grise
Un noir et dur morceau de pain,
Son bâton de chêne à la main,
Elle s'en va, lente et précise;

A travers les abruptes pentes,
Sur le flanc grisé d'un coteau,
Elle dirige son troupeau
Par les chemins et par les sentes.

Elle a, pour compagnon fidèle,
Seul, son chien maigre aux longs poils roux,
Qui, souvent, lève ses yeux doux,
Tout pleins de caresse, vers elle.

. . . .

Et, quand le soir vient sur la lande
Au violet de soleil court,
Se détachant d'un net contour,
La pastoure apparaît, très grande.

LE MOULIN MAUDIT

Sous la meule du moulin,
Se change en belle farine,
Blanche et fine,
Le grain
Plein.
Tourne, tourne, mon moulin...

— Meunier, je suis malheureux;
Je suis pauvre, misérable.
Toi qui vis heureux,
Sois-moi charitable.
— On ne donne pas, ici.
Mais s'il fallait que l'on donne
A tous les chercheurs d'aumône,
On deviendrait pauvre aussi!...

Sous la meule du moulin,
Se change en belle farine,
Blanche et fine,
Le grain
Plein.
Tourne, tourne, mon moulin...

— Meunier, donne, je te prie.
Quand on donne de bon cœur,
On fait œuvre sainte et pie
Qui porte bonheur.

— On fait le bonheur soi-même,
En travaillant,
Et le blé vient, quand on le sème,
Et le plus lourd au plus vaillant...

Sous la meule du moulin,
Se change en belle farine,
Blanche et fine,
Le grain
Plein.
Tourne, tourne, mon moulin...

— Meunier, c'est un sacrilège
De chasser un mendiant.
Rien au monde ne protège
L'homme dur au suppliant :
Fais-moi l'aumône ;
Donne
De peur
De malheur.

— Je donne à l'église, et, chaque semaine,
Pour les pauvres de chez nous,
De beaux et gros sous
Gagnés à grand'peine...

Sous la meule du moulin,
Se change en belle farine,
Blanche et fine,
Le grain
Plein.
Tourne, tourne, mon moulin...

— Meunier, meunier, ton âme est dure.
Songe que, souvent,
Tremblant de faim et de froidure,
Ses haillons fouettant sous le vent,
Le pauvre traîne-besace,
C'est Dieu lui-même qui passe
Pour...

— Avec tes raisonnements,
Triple fou, va-t'en au diable !
J'écoute ce misérable
Qui me fait perdre mon temps.
Et puis, si tu veux m'en croire,
Pour manger et boire,
Coucher sous un toit,
Travaille comme moi...

Sous la meule du moulin,
Se change en belle farine,
Blanche et fine,
Le grain
Plein.
Tourne, tourne, mon moulin...

— Meunier, meunier, meunier ! écoute :
Je ne suis pas le pauvre que tu crois,
Mais je suis celui-là qui gémit sur la route,
Au fardeau de la croix.

J'ai, par le ciel endeuillé du calvaire,
Au moment noir d'expirer,
Tout sanglant, jeté vers mon père
Mon long appel désespéré...

— Celui que tu veux dire est mort depuis longtemps,
Depuis plus de mille ans...
Puis il se moque bien de revenir sur terre,
Il se moque de tout, même de ta misère.
Mais tu me racontes des riens,
Pauvre aux blanches mains, quitte ma demeure !
Ou si tu ne t'en vas sur l'heure,
Je te fais chasser par mes chiens !...

Sous la meule du moulin,
Se change en belle farine,
Blanche et fine,
Le grain
Plein.
Tourne, tourne, mon moulin... »

. . . .

Mais dans un geste large, immense,
Le mendiant étend la main
Vers le moulin
Qui claque sec, et craque, et danse,
Broyant le grain :

« Moulin, tu ne moudras plus la belle farine,
Blanche et fine.
Immobile en l'Immensité,
Tu seras, pour l'Éternité,
L'avertissement des peines terribles
Que gémiront les insensibles
Au malheureux sans feu ni lieu,
Qui demande au nom du Bon Dieu...
Que l'Œuvre grande de Justice
S'accomplisse. »

. . . .

. . . .

Et le moulin s'est arrêté,
Et plus jamais il n'a tourné.

LE SONNEUR

Le sonneur de notre église
A bien près de soixante ans.
Mais sa barbe est encor grise,
Ses pas ne sont point tremblants.

Il s'en va, sa canne vieille
Plus d'une fois sous le bras.
Même il porte sur l'oreille
Sa casquette, comme un gas.

C'est qu'il fut un drôle crâne,
A ses vigoureux vingt ans.
Il eut rarement chicane :
Ses poings étaient imposants.

Il fut la peur des familles,
Il se fit bien des jaloux,
Car on prétend que les filles,
Toutes, le regardaient doux.

Maintenant il est solide,
Et fort encore et nerveux,
Et même, à bouteille vide,
Il est parfois amoureux.

Il s'en va chaque dimanche
A l'auberge, chez « Baillant »,
Et savoure à gorge franche
Les crêpes et le vin blanc.

Vieux sonneur! joyeux compère,
Au pays je vais venir,
Tu seras encor sur terre,
Ne songeant point à mourir.

Je veux alors, brave drôle
(Tu sais, je suis peu renté!),
Te donner une pistole :
Tu boiras... à ma santé.

LA MUSE

La première que j'ai connue
Est une fille de chez nous,
Et ses yeux grands étaient bien doux,
Et sa lèvre était ingénue.

Elle avait des cheveux noirs, longs,
La joue appétissante et pleine.
J'ai pour elle, l'âme sereine,
Chanté de naïves chansons.

La deuxième que j'ai connue
Avait un beau corps capiteux,
Assoiffant comme un vin mousseux
En ses caresses de chair nue;

Et longtemps il m'est demeuré
Toujours tentant et toujours même.
Par elle j'ai su l'âpre : « J'aime ! »
C'est par elle que j'ai pleuré.

De femmes diverses de charmes
J'ai connu depuis les douceurs,
Ou qui me poussaient aux malheurs,
Ou qui faisaient sécher mes larmes.

Mais en ces amours n'était pas
Ce que cherchait mon cœur peu sage.
Je suis rentré du dur voyage
Désespéré, bien las, bien las.

Et voici que chacune d'elles
M'a laissé quelque Bon au cœur ;
Aujourd'hui, doucement, sans heurt,
Il palpite en un frou-frou d'ailes.

Lors je saisis l'être chéri
Et qui semblait me fuir de ruse :
C'est une femme. Elle a souri.
Son sourire est beau : c'est la Muse !

LA JEANNETON

QUAND vous étiez petite fille,
Qu'on vous appelait Jeanneton,
Vous étiez, je sais, bien gentille
Dans votre robe de coton.

Vous portiez, le jour de la Fête,
Des mitaines jusqu'à mi-doigts,
De claires cravates de tête
Et de jolis sabots de bois.

Bien souvent nous avons ensemble
Couru les sentes du pays
Et joué, criant à voix-tremble,
Parmi les blés et les maïs.

Je vous ai même, je l'avoue,
Embrassée à la grange au foin,
D'un baiser bien gros sur la joue,
Mais sans savoir aller plus loin.

Maintenant vous êtes Madame,
Avec un nom étrange et long.
L'on voit aux vitrines-réclame
Votre Grandeur en pantalon.

Avec votre nuit la moins chère,
Vous pourriez bien payer, dit-on,
Les grands bœufs roux de votre père
Ou cent robes de Jeanneton.

Mais, malgré moi, toujours je songe
A la fillette de chez nous...
Ce doit être un vilain mensonge,
Tout ce qu'on m'a conté de vous!

Quand vous étiez petite fille,
Qu'on vous appelait Jeanneton,
Vous étiez, je sais, bien gentille
Dans votre robe de coton.

Vous portiez, le jour de la Fête,
Des mitaines jusqu'à mi-doigts,
De claires cravates de tête
Et de jolis sabots de bois.

VEILLÉE DE NOEL

LA neige s'étend blanche, douce, douce,
Faisant vide et seul le dehors très clair,
On dirait les champs recouverts de mousse,
Des flocons menus hésitent dans l'air.

Auprès du feu vif qui flambe dans l'âtre
Et jeunes et vieux se sont mis en rond,
Et maître et maîtresse, et servante et pâtre.
La maison est grave au calme profond.

Le maître, le front dans ses mains rugueuses,
Est penché vers les gros chenets pesants,
Et la flamme fait sur sa face osseuse
Flamber par instants des reflets sanglants.

La maîtresse fait un gros bas de laine.
Et pour rattraper un point malheureux,
Elle est absorbée à très grande peine,
Et lève son bas tout près de ses yeux.

La servante file une quenouillée
Et le pâtre voit vague, au sommeil fort,
La *mémé** qui bas prie agenouillée,
Le *kalel*** qui fume et le chien qui dort.

* Aïeule.

** Lampe.

AVANT SÉPULTURE

Des parents, des amis, en voiture, en charrette,
Viennent à chaque instant, quelques-uns de très loin,
Et chacun va placer dans la grange sa bête,
Et mettre au râtelier une botte de foin.

De leur blouse sortie ils frappent la poussière
Qui blanchit tout le fond de leur pantalon beau,
Et, gagnant lentement la chambre mortuaire,
D'un frottement de bras ils brossent leur chapeau.

Ils restent un moment sur le pas de la porte.
Puis graves, recueillis, s'avançant vers le lit,
Ils font pleurer la croix sur le corps de la morte,
Ayant trempé d'eau sainte un peu le buis bénit.

Ils s'en vont dans un coin s'asseoir sur une chaise,
Une chaise de paille au dossier de bois blanc,
Basse, et restent courbés, soucieux, mal à l'aise
Et tenant leur chapeau sur leur genou tremblant.

Le fils tout près du lit est assis, tête basse.
Mais voici qu'il se lève, et l'air triste, pensant,
Vers la porte, il s'en vient pour faire un peu de place
Et dresser les *tabacs* qu'on abîme en passant.

SI JE DEVIENS VIEUX

Si je deviens vieux, vers la soixantaine
Je veux revenir, pour toujours, chez nous
Terminer ma vie et calme et sereine
Et me réchauffer au bon soleil roux.

De la si pénible et si longue absence,
J'en aimerai plus mon pays et mieux.
Quand je reverrai les choses d'enfance
Je ne sentirai pas que je suis vieux.

Je retrouverai notre église vieille
Qui semble dormir, dormir doucement,
Où devant le chœur la lampe sommeille,
Se berçant d'un très lent balancement.

J'irai très souvent, à la saison belle,
Respirer les champs fauves du blé mûr,
Qui se gorgent lourd, tétant la mamelle
Du soleil bien chaud et du ciel bien pur.

Tous les soirs, au temps de l'hiver très rude,
Les voisins viendront chez moi près du feu,
En *dénoisillant,* suivant l'habitude,
Et parler de rien et rire de peu.

Parfois, après messe, aux grands jours de fête,
Je rencontrerai, par les chemins creux,
De naïfs amants qui, baissant la tête,
Quand je passerai seront tout honteux.

Et robustes gas, jeunes filles fortes,
Église, foyer, chemins creux du bois,
Malgré les ans lourds et les choses mortes,
Me feront revivre aux jours d'autrefois...

Si je deviens vieux, vers la soixantaine,
Je veux revenir, pour toujours, chez nous
Terminer ma vie et calme et sereine
Et me réchauffer au bon soleil roux.

Table

TABLE

Achevé d'imprimer

le vingt et un janvier mil huit cent quatre-vingt-dix-huit

PAR

ALPHONSE LEMERRE

6, RUE DES BERGERS, 6

A PARIS

O. — 3014.

www.ingramcontent.com/pod-product-compliance
Lightning Source LLC
LaVergne TN
LVHW020327230826
846091LV00003B/792

9782329295282